唯美线描 精选

孙志刚

家园
情怀

孙志刚·绘

海峡出版发行集团 | 福建美术出版社
THE STRAITS PUBLISHING & DISTRIBUTING GROUP | FUJIAN FINE ARTS PUBLISHING HOUSE

前 言

文 / 林木

　　写生是中国画一大优秀的传统，几乎从有画以来就有写生相伴随。宗炳、郭熙、黄公望、石涛们都留下有大量的写生理论或写生作品。但自从西式写生流行以来，西方定点的焦点透视式观察方式和以光影体积传达的"造型"方式扭曲了中国画的写生。中国式写生本当俯仰天地，游观宇宙，因心造境，自由自在，以中国式用线用墨主观再造为意象宗旨。张璪一句话"外师造化，中得心源"概括了中国画的核心思维。不外师造化，主观创造之源将枯竭；不中得心源，外之造化将形同枯朽而无生机。中国写生之义在此。

　　志刚兄的写生，面对现实，主观提炼。他在山水树屋形态中提炼线条，他在对象疏密曲直中提练结构，他又在现实物象的运动连结虚实中体验节奏与韵律，故他的写生已不只是对现实物象的再现式反映，而是溯于心源的对造化的提炼与感悟。我相信，假以时日，志刚的写生会更自由更灵动更有中国意象思维的特质。

重游東峪水庫
丁酉八月十一日隨□孟主席
吳金蓮將軍等同道再
赴此水庫寫生
志剛畫並題于

聖水泉丁酉小月志剛

相攜及田家
山月道人歸
丁酉夏月志剛

山中人家　志刚写

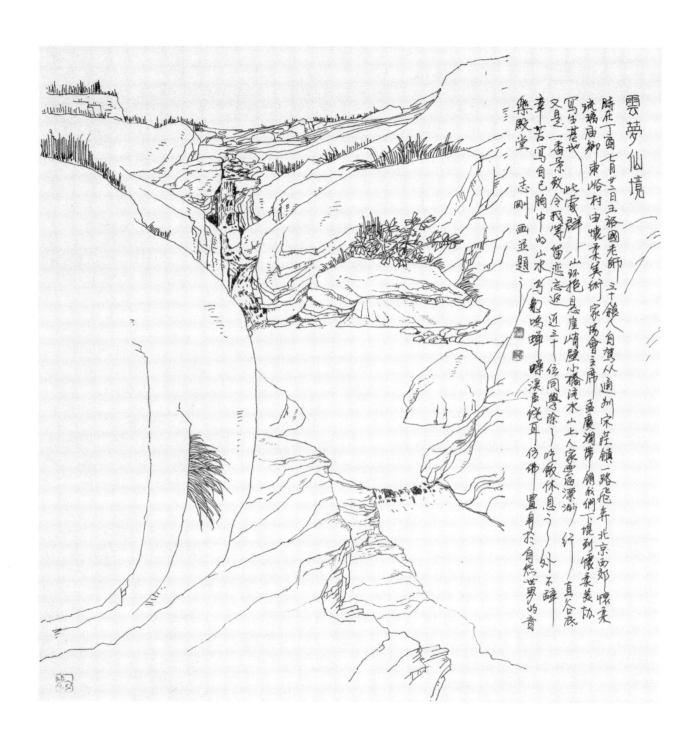

雲夢仙境

時在丁酉首廿三日五裕圓老師三十餘人自賀從通州宋莊鎮一路花車北京西郊懷柔琉璃廟鄉東峪村由懷柔美術家協會主席孟廣潤帶領我們下榻到懷柔美協寫生甚久此霞群山嶂壁懸崖峭壁小橋流水山上人家雲海漂渺紅真谷辰又是一番景致令我等留戀忘返近三十位同學除一吃飯休息之外不辭辛苦寫自己胸中的山水蟲鳴蟬噪溪聲饒耳彷彿置身於自然世界的音樂殿堂

志剛畫並題

挂青藤兮萬仞 豎丹石兮百重 丁酉年夏月 志剛寫於懷柔望京 台路邊王裕國老師調整

遥看云门山，云蒙山位于北京密云城西部沟，海拔一千一百肆米，是京郊有名的风景区之一，县一座具有山岳风光的名胜区也是画家写生必去之处。志刚画并题

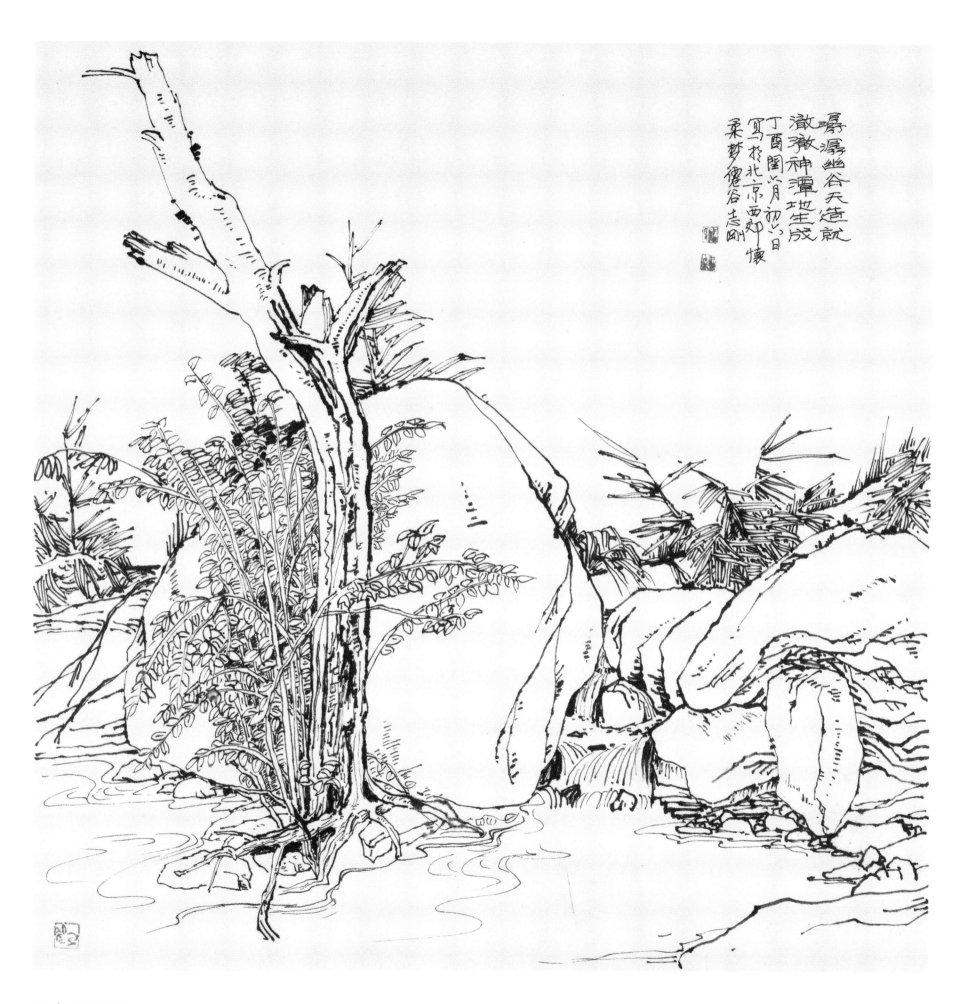

潺潺幽谷天造就
澈澈神潭堆生成
丁酉闰六月初八日
写於北京西郊怀
柔梦憩谷志刚

涧邊生幽草

丁酉夏月随王裕国山水
写生团队赴京西怀柔
此霞青山绿水峭壁悬
崖塘说是电影
《浪子绪花》会拍摄
地三 志刚画並题之

初保村
丁酉年
初四志刚

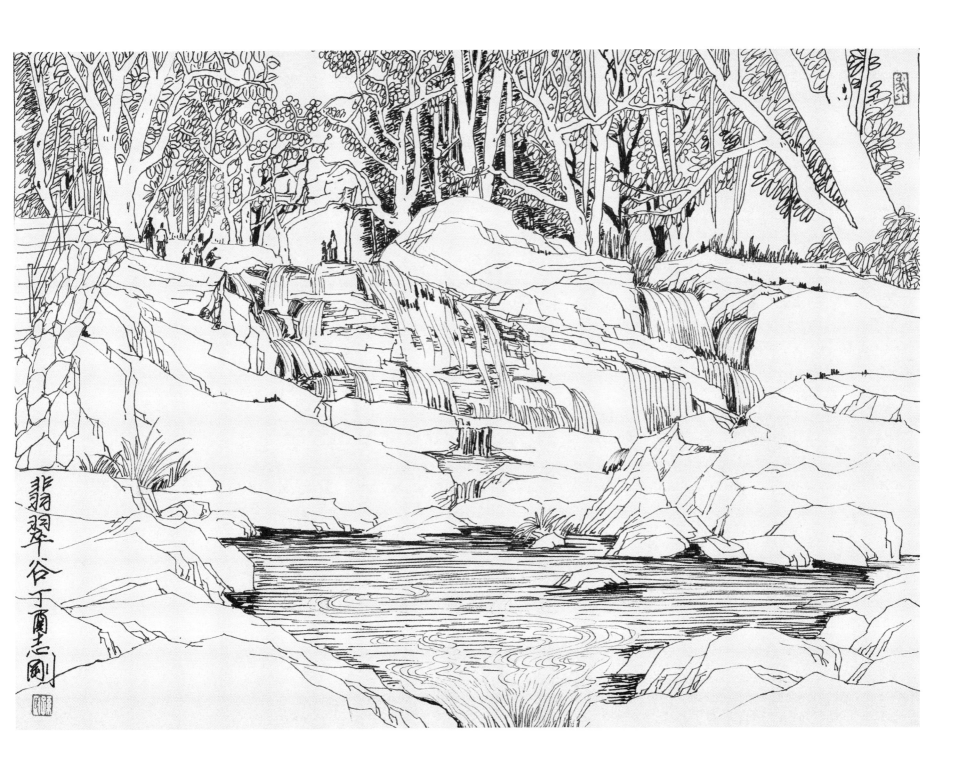

神泉李宅
丁酉年七月八日下午
志刚写

神泉民居
丁酉七月九月志刚

家兴人旺事事兴
家兴人旺事事兴

進圭村
丙申冬肖写
於西县
志刚

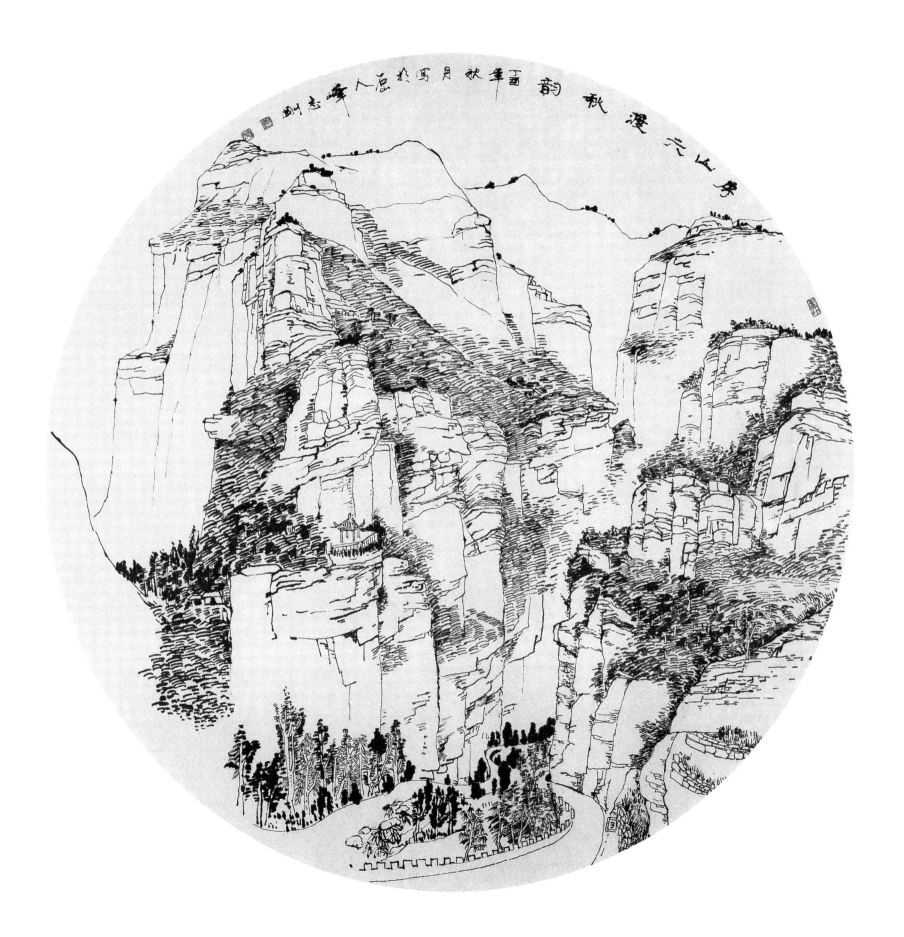

梦故田园
戊戌年
夏月
于尚
孟县
大宋村
志
刚